MISSION : ADOPTION

ÉCLAIR

MISSION : ADOPTION

Fais connaissance avec les chiots
de la collection *Mission : Adoption*

MISSION : ADOPTION

ÉCLAIR

ELLEN MILES

Texte français d'Isabelle Fortin

Éditions
SCHOLASTIC

Pour mon meilleur ami Zipper
et pour Wayne.

Catalogage avant publication de Bibliothèque et Archives Canada
Miles, Ellen
[Zipper. Français]
Éclair / Ellen Miles ; texte français d'Isabelle Fortin.

(Mission, adoption)
Traduction de : Zipper.
ISBN 978-1-4431-5511-3 (couverture souple)
I. Titre. II. Titre: Zipper. Français. III. Collection: Miles, Ellen.
Mission, adoption.
PZ26.3.M545Écl 2016   j813'.6   C2016-903582-4
Illustration de la couverture : Tim O'Brien
Conception graphique de la couverture originale : Steve Scott

Édition publiée par les Éditions Scholastic, 604, rue King Ouest,
Toronto (Ontario) M5V 1E1.

5 4 3 2 1   Imprimé au Canada   121   16 17 18 19 20

MIXTE
Papier issu de
sources responsables
FSC® C004071

CHAPITRE UN

— Glaçon! Glaçon! s'exclama Rosalie en pointant par la fenêtre de la voiture. Tu le vois? Il est *immense!*

Sa meilleure amie, Maria, fit semblant de bâiller.

— Nous en avons déjà vu environ quarante mille.

— Je sais, fit Rosalie. Mais celui-là était spécial.

Maria haussa les épaules. Elle ne paraissait pas impressionnée.

— Je t'accorde un demi-point.

— C'est bon, rétorqua Rosalie. Dans ce cas, tu n'obtiens qu'un demi-point pour la vieille couronne de Noël. Nous en avons aussi vu un million.

Elles étaient assises à l'arrière de la voiture des Santiago, qui roulait vers l'est. Les parents de Maria avaient invité Rosalie à les accompagner lors de leur voyage annuel de la relâche. Ils étaient en route pour la Vallée des Trois crêtes, un domaine skiable situé dans Charlevoix. Et c'était loin. Beaucoup plus loin que le chalet des Santiago, où Rosalie avait déjà été. Les deux jeunes filles avaient joué aux devinettes et à « cherche et trouve ». Elles jouaient maintenant au bingo d'hiver, qui consistait à repérer des choses qu'on ne peut voir qu'à cette période de l'année. Chaque trouvaille valait un point. Mais comme elles inventaient les règles au fur et à mesure, elles se disputaient plus qu'elles ne jouaient.

Rosalie avait l'habitude d'argumenter avec ses deux frères, mais Charles et le Haricot finissaient généralement par lui donner raison, puisqu'elle était la plus vieille. Maria était plus coriace. Rosalie ne pouvait qu'admirer son habileté à lui tenir tête.

— Bonhomme de neige! Bonne... femme de neige! Toute une famille de bonshommes de neige! s'écria Maria, qui les montrait du doigt en sautillant sur son siège. Ça vaut deux points!

— Deux points? Tu veux rire? répondit Rosalie en

foudroyant son amie du regard.

Du siège conducteur s'éleva la voix de M. Santiago :

— Les filles, que diriez-vous de vous contenter d'admirer le paysage en silence? Nous arrivons dans la partie la plus belle et la plus sauvage du trajet.

— J'approuve, ajouta Mme Santiago.

Assise du côté passager, elle tricotait. Mme Santiago était vraiment douée. Et comme elle était aveugle, elle faisait tout au toucher. Maria l'aidait parfois à trier sa laine, mais sa mère s'occupait du reste elle-même. Elle créait d'épais arcs-en-ciel de couleur bien soyeux. Pour Noël, elle avait offert à Maria une magnifique paire de mitaines dans des teintes de bleu et de vert ainsi qu'un foulard assorti.

Simba, installé complètement à l'arrière, jappa doucement.

Mme Santiago rit.

— Il vote aussi pour un moment de silence.

Bien sûr, elle savait interpréter les jappements du chien.

Simba, un massif labrador de couleur sable à

l'allure fière, était le chien-guide de Mme Santiago.

Rosalie s'étira vers l'arrière pour lui gratter le dessus de la tête.

— Eh bien, si Simba le dit… fit-elle.

Pour elle, les chiens étaient les bêtes les plus fantastiques sur Terre. Elle les adorait tous, peu importe leur race. Elle aimait les entraîner, jouer avec eux, en apprendre sur eux, les dessiner et rêver de ceux qu'elle aurait peut-être un jour. Maria et elle avaient même fondé une entreprise de promenade de chiens. Heureusement, elles se partageaient la tâche avec deux amies. Celles-ci s'occupaient de tout pendant leur absence.

Caresser Simba fit penser Rosalie à son chien Biscuit. Il lui manquait. Elle savait qu'elle avait de la chance de faire ce voyage, mais une part d'elle-même aurait souhaité être à la maison, recroquevillée sur son lit avec Biscuit ou en train de jouer avec lui dans la cour. Ses doigts mouraient d'envie de caresser la tache blanche en forme de cœur qu'il avait au milieu du poitrail.

Les Fortin accueillaient des chiens, prenant soin de chacun d'eux jusqu'à ce qu'on leur trouve une famille parfaite. Si elle avait pu, elle aurait adopté tous les chiens qu'ils hébergeaient, mais c'était impossible. Au moins, elle avait eu le droit de garder Biscuit.

— Tu t'ennuies de lui? lui demanda Maria d'un air compréhensif.

Rosalie haussa les sourcils. Maria lisait-elle dans ses pensées?

— Tu penses à Biscuit, non? poursuivit-elle. C'est évident. Tu as un regard particulier dans ces moments-là. Ne t'en fais pas. Bientôt, tu auras tellement de plaisir à la Vallée des Trois crêtes que tu ne t'ennuieras plus du tout.

Elle sortit une carte de la pochette de rangement qui se trouvait devant elle.

— Tu vois? Notre auberge est là, dit-elle en montrant l'endroit sur la carte. Au pied de la Petite crête. C'est ma montagne préférée. C'est là que sont les meilleures pistes. On y trouve aussi le parc à neige. Tu sais avec les tremplins et les autres trucs?

Tu n'en reviendras pas. C'est tellement génial.

Rosalie scruta la carte en tentant de donner un sens à tout cet enchevêtrement de pistes. Cette histoire de ski était nouvelle pour elle. Elle avait fait du ski de fond une fois, mais ça n'avait pas été un succès. Elle avait aussi essayé la raquette, ce qu'elle avait préféré. Elle avait même eu la chance de conduire un traîneau à chiens. Quelle aventure! Elle sourit en repensant au magnifique husky dont sa famille et elle avaient fini par s'occuper pendant le voyage.

— Tu vas adorer cette piste, affirma Maria en la pointant sur la carte. Grizzly. Elle est un peu abrupte, mais tellement amusante!

— Wohoo! s'exclama Mme Santiago. C'est aussi une de mes préférées.

Rosalie n'arrivait toujours pas à comprendre que Mme Santiago puisse aimer skier alors qu'elle ne voyait pas. Quel courage! Maria lui avait expliqué que sa mère adorait filer sur les pistes, vêtue de sa veste orange vif, accompagnée d'un autre skieur qui veillait à ce qu'elle ne rencontre pas d'obstacle. Elle faisait du ski adapté.

Même si Rosalie avait une très bonne vision, elle n'était pas certaine d'être assez brave pour descendre une piste comme Grizzly. Maria et elle allaient faire de la planche à neige.

« Je vais te montrer. Ça prendra à peine dix minutes, avait promis son amie. Tu vas adorer ça. »

Rosalie n'en était pas convaincue, mais elle était prête à essayer, si cela lui permettait d'aller en vacances avec sa meilleure amie.

M. Santiago croisa le regard de Rosalie dans le rétroviseur. Il sourit.

— Ou tu peux aussi venir en raquettes avec moi, proposa-t-il.

Il ne faisait pas de ski ni de planche à neige. Il préférait se promener dans la forêt à la recherche d'empreintes d'animaux.

— La nouvelle neige sera parfaite pour repérer des pistes.

Par la fenêtre, Rosalie observait les bancs de neige qui bordaient chaque côté de la route à double sens.

De grands arbres s'élevaient au-dessus d'eux. Sous la lumière de fin d'après-midi, leurs branches nues prenaient des teintes dorées. Depuis qu'elle avait vu la grange rouge devant laquelle s'alignait la famille de bonshommes de neige, Rosalie n'avait aperçu ni maison, ni magasin, ni aucun autre bâtiment. Ils étaient vraiment en pleine campagne.

La route sinueuse s'élevait lentement dans les montagnes. Puis Rosalie souhaita n'avoir jamais regardé la carte de la Vallée des Trois crêtes. Elle avait oublié que la lecture en voiture lui donnait la nausée. Et comme, en plus, elle se faisait ballotter au gré des courbes, elle commençait à avoir *vraiment* mal au cœur. Elle ferma les yeux. Ce qui ne l'aida pas du tout. Elle les rouvrit et fixa le siège devant elle. *Eurk*. Mauvaise idée. Elle regarda les arbres couverts de neige qui défilaient à travers la vitre.

—Ahhhh! gémit-elle. Hum, monsieur Santiago, pensez-vous que vous pourriez...

Elle se serra le ventre.

—Est-ce que ça va? s'enquit Maria en allongeant

le bras pour caresser l'épaule de son amie. Tu as le teint un peu verdâtre.

M. Santiago jeta un œil dans le rétroviseur.

— Rosalie, est-ce que tu vas...? commença-t-il.

Quelque chose dans l'expression de Rosalie dut lui fournir une réponse, car il mit son clignotant. La voiture ralentit, se rangea sur la droite, puis dérapa, pour finalement s'immobiliser dans une position étrange. L'épaule de Rosalie heurta la fenêtre et Maria fut projetée contre son amie.

— Oh, oh! fit Mme Santiago. On dirait que quelque chose ne va pas.

— Sans blague! Je pense que nous sommes dans le fossé, soupira M. Santiago.

Rosalie se redressa.

— Est-ce que je peux tout de même sortir? demanda-t-elle.

— Oui, si tu peux ouvrir ta portière, répondit M. Santiago.

Rosalie y parvint, mais heurta vite un banc de neige. Elle arriva malgré tout à se faufiler à travers la petite ouverture. Elle s'enfonça immédiatement dans la neige.

— Ouah! s'exclama-t-elle. J'en ai au-dessus des genoux.

— Sois prudente, dit M. Santiago. Comment te sens-tu?

Rosalie prit quelques grandes bouffées d'air pur et frais.

— Mieux, répondit-elle, étonnée.

Elle se tourna vers la voiture.

— Mais je pense que nous sommes coincés.

M. Santiago descendit du véhicule et en fit le tour pour examiner les roues du côté passager. Elles étaient à moitié ensevelies dans la neige.

— Je pense que tu as raison, déclara-t-il.

Rosalie se sentait terriblement mal.

— Je suis désolée, murmura-t-elle.

— Ce n'est pas ta faute.

M. Santiago se pencha pour enlever un peu de neige collée sur le pneu avant.

— Mais je ne sais pas comment nous allons sortir

de là. Il n'y a pas de réseau ici. Il faut attendre d'être plus haut dans les montagnes. Je ne peux donc pas téléphoner pour qu'on nous envoie une remorqueuse.

Il se releva et se gratta la tête.

— Nous pourrions arrêter la prochaine voiture qui passe, proposa Maria, qui était aussi descendue du véhicule.

— Bonne idée, lui répondit son père. Mais nous n'en avons pas croisé depuis un moment. C'est incroyablement tranquille par ici.

En effet, ça l'était, constata Rosalie. Vraiment tranquille. Pas de vent, ni de circulation, ni d'avion. Elle retint son souffle pendant un instant, tendant l'oreille. Elle entendit alors un bruit familier. Un son qu'elle reconnaîtrait entre tous : le tintement de médailles fixées à un collier. Elle regarda vers la forêt et vit quelque chose s'approcher d'eux en bondissant dans la neige comme un chevreuil.

Mais ce n'était pas un chevreuil. Il s'agissait d'un chiot.

CHAPITRE DEUX

Rosalie fixait le chien. Que faisait-il là, au beau milieu de nulle part?

— Est-ce que c'est un chien? demanda M. Santiago en plissant les yeux.

— Oui, ça ne fait pas de doute, fit Rosalie. Et il court tout droit vers nous... et vers la route. Attrapons-le!

Elle plongea la main dans sa poche de manteau. Elle emportait toujours des friandises pour chiens avec elle. Au cas où.

— Parfait, murmura-t-elle en prenant quelques morceaux de foie lyophilisé, une des friandises préférées de Biscuit.

— Il est *rapide*! s'exclama Maria. Je vais essayer de l'attraper s'il vient par ici.

Elle se plaça derrière la voiture.

— Hé, petit! Ici! lança Rosalie en tendant la friandise.

Étonnamment, le chiot se dirigea droit vers elle. Il était grand et mince. Il avait des pattes longues et musclées qui l'aidaient à avancer malgré l'épaisse couche de neige. Il avait une fourrure à poil court dans des teintes de brun et de brun clair, de longues oreilles étranges et un visage joyeux et souriant. Une tache brun clair se trouvait au-dessus de chaque œil. Il portait un collier, mais aussi un harnais rouge qui lui entourait le corps.

Une laisse du même rouge pendait du harnais, près de la queue longue et mince du chien.

Le chiot se dirigeait toujours vers Rosalie, la queue remuant vigoureusement. Même s'il semblait amical et rigolo, et sûrement très jeune, Rosalie préférait jouer de prudence. Elle ne lui tendit pas directement une friandise. Elle préférait attendre de le connaître un peu plus. Elle lança donc un cube de foie séché dans la neige près d'elle. Pendant que le chiot gobait la friandise, elle l'attrapa par le collier.

— Je l'ai! s'exclama-t-elle… juste au moment où le chien se dégageait. Oups!

Maria sortit de derrière la voiture. Elle s'agenouilla et écarta les bras bien grands.

— Viens me voir, petit, appela-t-elle d'une voix joyeuse et aiguë.

Curieux, le chien se dirigea vers elle. Il s'étira le cou pour lui flairer la main.

— Bon chien, fit-elle doucement. Bon chien.

De sa main libre, elle réussit à attraper le collier du chiot. Elle se releva.

— Ça y est, maintenant, nous le tenons.

— Beau travail, dit son père. Et là… que fait-on? ajouta-t-il en montrant la voiture de la main. Comme si ce n'était pas suffisant d'être pris dans la neige. Nous sommes maintenant pris pour nous occuper d'un chien en plus.

Rosalie s'avança dans la neige vers Maria pour caresser le nouveau venu. Elle n'avait aucune idée de sa race, ce qui était plutôt rare. Normalement,

Rosalie reconnaissait immédiatement la race de n'importe quel chien. Par contre, elle avait déjà vu ce genre de harnais.

— C'est peut-être un chien de traîneau. Y a-t-il un sentier de motoneige près d'ici?

Elle se rappelait les chiens de traîneau qu'elle avait vus. Ils portaient un harnais exactement comme celui-là et ils adoraient courir sur les pistes de motoneige.

M. Santiago scruta la forêt.

— Peut-être, répondit-il d'un ton incertain. Je sais qu'il y en a un près de la Vallée des Trois crêtes.

Pendant ce temps, Mme Santiago avait mis son tricot de côté et était aussi descendue de la voiture.

— Que se passe-t-il? demanda-t-elle. Simba est contrarié.

Maria lui expliqua à propos du chien.

— Un chien? Ici? s'enquit-elle. Porte-t-il une médaille?

Rosalie n'arrivait pas à croire qu'elle n'y avait pas encore pensé. Elle s'agenouilla pour vérifier. Le chien lui lécha la joue et posa une de ses grosses pattes trapues sur son bras.

Salut! Salut! Content de te rencontrer!

Rosalie se mit à rire et baissa la tête.

— Il a une médaille pour la rage, fit-elle. Mais aucune avec un nom ou un numéro de téléphone.

— Hé! Qu'est-ce que tu fais?

Au son de cette voix grave, ils se retournèrent tous. Un homme grand et mince aux joues rouges se dirigeait vers eux. Il était chaussé de skis de fond. Un autre chien aux longues pattes le tirait. Mais celui-là avait une fourrure noire et la poitrine blanche. Il avançait sur la neige, les yeux bleus brillants et la langue sortie.

— Nous sommes seulement en train de... commença M. Santiago.

Mais le skieur regardait fixement le chiot élancé.

— Oh là là! lança le skieur.

L'homme portait une ceinture reliée par une

longue laisse au harnais du chien noir et blanc. Ils s'immobilisèrent tous les deux.

— Tu as fait toute une bêtise, petit, poursuivit-il, secouant le doigt en signe de désapprobation.

Puis il planta ses bâtons dans la neige et s'accroupit pour enlever ses skis.

Rosalie se releva.

— Il s'est dirigé immédiatement vers nous, expliqua Rosalie.

— Je n'en doute pas, répondit l'homme. Éclair adore rencontrer de nouvelles personnes.

Les yeux rivés sur le chien que Maria tenait, il secoua la tête.

— Petite peste! dit-il.

— Éclair! s'exclama Rosalie, quel nom parfait pour un chiot rapide comme l'éclair!

Le chien pencha la tête et regarda son maître du coin de l'œil.

Oups! Désolé. J'étais juste un peu curieux.

L'homme soupira, puis sourit, saisissant la laisse rouge qui pendait du harnais d'Éclair. Il la tint en l'air pour leur montrer qu'elle était tout effilochée.

— Une chance qu'il n'a rien. Il doit avoir mâchouillé la moitié de la laisse quand nous avons fait une pause. Lorsqu'il vous a entendu, il a tiré d'un coup et elle s'est rompue. Il veut toujours savoir ce qui se passe. C'est un vrai petit fouineur!

— Vous faites du ski attelé, n'est-ce pas? demanda Rosalie.

Elle en avait entendu parler. Il s'agit d'un skieur qui se fait tirer par un ou deux chiens. Cela lui paraissait amusant, mais aussi un peu effrayant. Il fallait être un bon skieur.

L'homme acquiesça.

— En effet. Je skiais sur la piste qui se trouve juste là-bas, dit-il en pointant vers la forêt. J'essaie d'entraîner ce chiot. Même s'il n'a que huit mois, il est très fort. Et il adore courir. Mais il est trop curieux. Il veut tout voir.

Il se pencha pour ébouriffer la tête d'Éclair.

— Merci de l'avoir attrapé.

Pour la première fois, l'homme regarda autour de lui et sembla comprendre pourquoi ils étaient tous à l'extérieur de la voiture.

— Oh! oh! dit-il. On dirait que vous avez besoin d'aide.

CHAPITRE TROIS

L'homme tendit la main à M. Santiago.

— Je suis Martin, annonça-t-il. Vous avez déjà rencontré Éclair, et l'autre chien se nomme Tonnerre. C'est le père d'Éclair.

M. Santiago sourit.

— Je m'appelle Jean. Voici ma fille Maria, dit-il en mettant la main sur l'épaule de sa fille. Et voici son amie Rosalie et ma femme Gloria, juste là. Son chien Simba est celui qui est en train de tout embuer la vitre arrière.

M. Santiago pointa alors la voiture.

Martin sourit à chacun d'entre eux. Il se frotta ensuite les bras.

— Il commence à faire froid, leur fit-il remarquer.

Il vaudrait mieux vous sortir de là.

Rosalie pensa qu'il ne devait pas avoir chaud dans son collant noir et sa veste légère. Il portait des vêtements prévus pour bouger, pas pour rester sur place. Le soleil disparut derrière les arbres et Rosalie commença à avoir froid elle aussi, malgré son épais manteau de duvet.

— En effet, acquiesça M. Santiago. Pensez-vous que nous arriverons à dégager la voiture si vous nous poussez?

— Bien sûr, répondit Martin. Aucun problème!

Il sourit encore et fléchit les bras.

— Demandez à qui vous voudrez : je suis l'homme le plus fort de Belmont.

Rosalie et Maria ricanèrent.

— Nous sommes déjà arrivés à Belmont? s'enquit Mme Santiago. Excellente nouvelle! J'ai vraiment hâte de m'installer à l'auberge.

— Vous allez séjourner au Montagnard? demanda Martin.

— Mais comment avez-vous deviné? répondit

Mme Santiago.

— L'endroit appartient à mon oncle et ma tante. Les Gauthier. Ils aiment beaucoup accueillir des familles qui ont un chien.

— Exactement! fit Mme Santiago. Annie et Josef. Nous y sommes allés plusieurs fois. Ils adorent Simba.

Martin se mit à rire.

— Oui, ça ne peut être qu'eux.

Il se tourna vers Rosalie et Maria.

— Pourriez-vous vous occuper des chiens pendant que nous dégageons la voiture?

Rosalie hocha la tête.

— Nous sommes des professionnelles, répondit-elle. Des promeneuses de chiens. Vous pouvez nous faire confiance.

Martin haussa les sourcils.

— Heureux de l'apprendre.

Il lui tendit la laisse d'Éclair. Et donna celle de Tonnerre à Maria.

— Il serait peut-être plus sécuritaire de les amener

un peu plus loin sur la route pour éviter qu'ils ne soient dans le chemin.

Mme Santiago et les filles s'éloignèrent. Tonnerre était calme, mais Éclair tirait beaucoup sur sa laisse. Rosalie devait user de toutes ses forces pour le retenir. Il avançait rapidement en flairant le sol. Soudain, il s'arrêta pour creuser dans un banc de neige. Il se tourna ensuite vers la voiture, curieux de savoir ce que Martin et M. Santiago faisaient.

Qu'est-ce qui se passe? Qu'est-ce qui se passe?

Rosalie se mit à rire. Éclair tirait de tous bords tous côtés. Mais la jeune fille avait l'habitude de promener toutes sortes de chiens; elle savait comment les tenir fermement sans perdre l'équilibre. Éclair était aussi fort qu'un berger allemand, même s'il était maigre comme un lévrier. Et il avait un peu la tête d'un teckel. Quant à Tonnerre, son père, en plus d'être d'une couleur distincte, il avait également un gabarit différent. Il était plus corpulent et avait une grosse tête carrée. De quelle race pouvaient-ils bien être?

— Je comprends pourquoi Martin t'appelle le Fouineur, dit-elle au chiot.

M. Santiago monta dans la voiture et démarra. Martin se plaça à l'arrière et lui donna des directives.

— Tournez les roues vers la gauche, cria-t-il. Parfait. Maintenant, appuyez légèrement sur l'accélérateur et laissez le véhicule se balancer d'avant en arrière pendant que je pousse.

Les pneus de la voiture se mirent à patiner, ce qui produisit un son aigu. Les oreilles d'Éclair se dressèrent. Rosalie remarqua qu'il semblait très attentif. Il observait avec intérêt la neige et les morceaux de glace qui volaient dans les airs, et la voiture qui allait d'avant en arrière. Martin poussait en grognant bruyamment.

— Allez, allez, allez! cria-t-il. Accélérez, maintenant!

Dans un dernier et long gémissement, le véhicule sortit du fossé et remonta sur la route.

— Oui! lança Martin en levant les poings vers le

ciel.

M. Santiago souriait. Il avança un peu, puis immobilisa la voiture une fois que les quatre roues furent sur la partie sèche de la chaussée. Il sortit pour serrer la main de Martin.

— Beau travail, dit-il. On voit que vous avez de l'expérience.

Martin haussa les épaules.

— Ça arrive tout le temps quand on habite un endroit où il neige beaucoup. C'est comme ça!

Il se dirigea vers Maria pour reprendre la laisse de Tonnerre.

— Merci, fit-il. Nous aurons tout juste le temps de rentrer à la maison avant la noirceur. C'est une bonne chose, car j'ai oublié ma lampe frontale.

— Voulez-vous monter avec nous? lui offrit M. Santiago.

— Non merci, répondit Martin en secouant la tête. Je me prépare pour une course importante et je dois m'entraîner le plus possible. Les gens pensent que le chien fait tout le travail en ski attelé, mais je peux vous dire que c'est aussi très exigeant pour la personne qui se fait tirer.

Il fit une pause, jetant un œil vers Éclair.

— Mais peut-être que vous pourriez me rendre un autre service.

Rosalie arborait un grand sourire. Elle se doutait de ce qu'il allait dire.

— Je n'ai pas d'autre laisse avec moi. Et il a détruit celle-là. Pensez-vous que vous pourriez prendre Éclair avec vous? Ça ne posera aucun problème à mon oncle et ma tante, et je viendrai le chercher immédiatement après m'être douché et changé.

Martin regarda tour à tour M. et Mme Santiago.

Rosalie fut la première à lui répondre.

— Oui! Ça nous ferait plaisir, déclara-t-elle.

CHAPITRE QUATRE

Maria regarda fixement son amie.

— Qui a dit que tu pouvais décider?

— C'est bon, Maria, fit Mme Santiago. Martin, nous le ferons avec plaisir. Vous nous avez sortis du fossé. Nous vous devons bien cela.

— Vous ne me devez rien du tout, répondit Martin.

Il accrocha de nouveau la laisse de Tonnerre à sa ceinture, puis enfila ses skis.

— Vous semblez être des gens bien. Et des promeneuses de chiens professionnelles, en plus! Je sais qu'Éclair sera en sécurité avec vous. À bientôt.

Il passa les mains dans les ganses de ses bâtons, lança un « allez! » à Tonnerre, puis repartit en filant sur la neige.

Éclair les regarda s'éloigner, les oreilles dressées. Dès qu'ils disparurent derrière les arbres, le chiot se releva et se mit à geindre.

Hé! Pourquoi partent-ils sans...

— Ça suffit, lui lança Rosalie. Tu es le seul à blâmer.

Elle tira doucement sur son collier pour l'amener vers la voiture.

— Monte, maintenant.

Puis ils reprirent la route. Rosalie avait retiré à Éclair le harnais qu'il portait pour qu'il soit plus à l'aise. Le chiot était assis entre les deux fillettes, les flairant l'une après l'autre, puis se tournant pour faire connaissance avec un Simba très curieux.

Maria soupira et s'appuya contre la fenêtre.

— J'aurais dû le savoir.

— Quoi? s'enquit Rosalie.

— Tu es incapable d'aller quelque part sans devoir prendre soin d'un chien.

Maria roula les yeux.

— Je pensais que nous étions en vacances. À la maison, nous promenons des chiens cinq jours par semaine. Une pause, c'est possible?

Rosalie devait admettre que son amie avait raison. Partout où elle allait, elle finissait par s'occuper d'un chien. Mais honnêtement, Rosalie ne s'en lassait jamais.

— Nous ne prenons pas vraiment soin de lui, répondit-elle en passant son bras autour du corps maigre d'Éclair, l'attirant à elle pour lui donner un bisou.

Il avait la fourrure courte et lisse comme celle du weimaraner, mais dense comme celle du labrador. Ses longues oreilles pendantes et soyeuses ressemblaient à celles du lévrier. Rosalie n'arrivait toujours pas à déterminer la race d'Éclair.

— Nous ne faisons que le surveiller pendant quelques heures.

— C'est vrai, acquiesça M. Santiago. Et c'est la moindre des choses après ce que Martin a fait pour nous. Il nous a drôlement sortis du pétrin.

La route devint bientôt plus abrupte et les bancs de neige, plus hauts.

— Nous sommes presque arrivés, dit Maria. Tu vois? On aperçoit les lumières de la Grande crête, où on peut faire du ski de soirée.

Rosalie se rappela la carte de la vallée. La Grande crête était la montagne la plus haute et la plus à pic, celle où se trouvaient les pistes les plus difficiles. Il y avait aussi le Mont Caché et la Petite crête. Elle était soulagée que leur auberge soit près de la Petite crête. C'était la montagne qui lui semblait la plus accueillante.

— Voici l'auberge! Et le télésiège! annonça Maria en les montrant du doigt.

Rosalie aperçut un gros bâtiment avec de nombreuses fenêtres aux reflets jaunes, qui brillaient. Un peu plus haut se trouvait un télésiège à quatre places. Il était en fonction. On voyait des skieurs et des planchistes dévaler les pentes sous la lumière de gros projecteurs qui illuminaient les pistes.

Elle eut à peine le temps de se demander comment elle arriverait à monter et descendre de ce télésiège et de s'en inquiéter. En effet, M. Santiago s'engagea dans une entrée circulaire devant un long bâtiment à deux étages ressemblant à une immense cabane en bois rond.

— Nous y sommes, fit-il.

Rosalie aima tout de suite le Montagnard. Avec ses meubles rembourrés, son gros foyer en pierre, ses étagères remplies de livres et de jeux ainsi que sa table de ping-pong, le salon semblait confortable et accueillant. Deux vieux skis en bois étaient disposés de façon à former une arche à l'entrée de la salle à manger, dont le plafond était assez haut. On y avait installé de longues tables ressemblant à des tables de pique-nique. Enfin, d'immenses fenêtres donnaient sur les pistes de ski.

M. Santiago sonna la cloche de la réception. Quelques secondes plus tard, une petite femme aux cheveux foncés surgit du bureau.

— Ah! vous êtes là! s'exclama-t-elle.

Elle se précipita pour serrer les Santiago dans ses bras, y compris Simba.

— Et tu dois être Rosalie. Bienvenue. Je m'appelle Annie. Et tu es... commença-t-elle en observant par-dessus ses demi-lunettes le chien que Rosalie tenait en laisse, tu es accompagnée d'Éclair.

Elle s'agenouilla pour embrasser le chiot et le serrer dans ses bras.

— Que fais-tu ici, petit coquin? dit-elle en riant alors qu'Éclair lui léchait le visage.

Mme Santiago lui expliqua la situation pendant que son mari remplissait des formulaires.

— Eh bien, il est le bienvenu, dit Annie. Éclair est mon chiot favori... après Sofie, naturellement.

Elle regarda avec affection le basset qui venait de trottiner hors du bureau pour voir ce qui se passait. Sofie avait de longues oreilles et un pelage dans les mêmes teintes que celui d'Éclair. Sofie était aussi petite et large qu'Éclair était grand et mince.

— Je vais appeler Martin pour l'inviter à venir souper avec nous.

— Annie adore les animaux, précisa Maria à Rosalie. Au cas où tu ne l'aurais pas deviné.

— Ah! ma famille préférée, s'exclama l'homme aux cheveux gris et à la barbe bien coupée qui sortait tout juste de la salle à manger.

Il s'essuya les mains sur un linge à vaisselle. Il portait un long tablier blanc.

— C'est Josef, dit Maria à son amie.

Il donna l'accolade à tous les Santiago, puis s'inclina vers Rosalie une fois les présentations faites.

— Famille préférée? s'enquit Mme Santiago. Je parie que tu dis ça à tous tes invités.

— Peut-être, peut-être, admit Josef. Mais pour qui d'autre est-ce que je prépare mon célèbre pain de viande?

— Miam! fit Maria. Avec de la purée de pommes de terre?

— Avec de la purée de pommes de terre, acquiesça-t-il.

À la vue d'Éclair, son regard s'illumina.

— Et que fait ce petit chiot charmant ici? demanda-t-il en se penchant pour gratter la tête du chien.

Éclair leva les yeux vers Josef et plissa la bouche en un immense sourire rigolo.

On se connaît. Tu m'as déjà offert de succulentes friandises.

Dès l'arrivée de Martin, ils s'assirent pour manger. Après avoir joyeusement accueilli son maître, Éclair se coucha sous la table entre Rosalie et lui. Le repas fut très agréable. Ils étaient tous installés à une des grandes tables, où des plateaux et des bols remplis de nourriture circulaient.

— Je suis tellement content que vous ayez pu venir quelques jours à l'avance, dit Josef.

Il leur expliqua que, dès le début de la fin de semaine, l'auberge serait pleine à craquer.

— Heureusement, il a beaucoup neigé, poursuivit-il. Tout le monde pourra en profiter. Et si on se fie aux prévisions météo, ce n'est pas terminé.

Par la fenêtre, Rosalie jeta un œil au câble de

remontée situé au pied de la Petite crête. Maria lui avait expliqué que c'était là qu'elles iraient le lendemain matin. Elle avait promis qu'elles atteindraient ainsi le sommet de la piste la plus facile qui soit et que Rosalie deviendrait une vraie pro en un rien de temps. Mais Rosalie en doutait.

— Martin, toute cette neige sera parfaite pour ta course, déclara Annie. C'est bien en fin de semaine?

Martin acquiesça. Il n'avait presque rien dit de tout le repas. Peut-être était-il trop occupé à manger. Rosalie était ébahie par la montagne de purée de pommes de terre qu'il avait avalée. Il se recula alors sur sa chaise.

— Justement, je voulais vous parler de tout ça. Je dois commencer à m'entraîner sérieusement avec Tonnerre. Je me rends compte que je n'ai tout simplement pas le temps de prendre soin d'Éclair aussi. Du moins, pas d'ici la course. En fait, je ne suis pas du tout convaincu qu'il soit fait pour le ski attelé.

Il se pencha pour gratter la tête du chien.

— Il est gentil et je l'aime beaucoup, mais

j'envisage de lui chercher une nouvelle famille. Avec mes chiens de course, je suis plutôt occupé. Je n'ai pas vraiment le temps de prendre soin d'un autre animal de compagnie.

Rosalie se redressa sur sa chaise. Un vrai chiot à accueillir! Quel plaisir ce serait de trouver un foyer pour cette adorable bête.

— Enfin bon, continua Martin. Pour les prochains jours, je serais vraiment heureux d'avoir de l'aide. Je me demandais si vous pourriez...

— Oui! l'interrompit brusquement Rosalie en se levant.

CHAPITRE CINQ

Maria se retourna brusquement.

— Rosalie! lança-t-elle. Tu l'as encore fait.

— Oups! s'excusa Rosalie en posant la main sur sa bouche. Je veux dire que j'aimerais m'en occuper, si tout le monde est d'accord.

Elle se pencha pour caresser Éclair, couché paisiblement à ses pieds. Elle était déjà amoureuse de ce chiot curieux et actif. Sans compter qu'elle serait peut-être si occupée à prendre soin de lui qu'elle n'aurait pas à aller faire de la planche à neige.

M. Santiago fronça les sourcils.

— Es-tu certaine, Rosalie? C'est une grosse responsabilité. Et comme l'a dit Maria, vous êtes en vacances. Vous êtes censées vous amuser.

— Je m'amuse toujours avec les chiens, répondit Rosalie.

— Et ce n'est vraiment pas un problème qu'il reste ici, ajouta Annie. Josef et moi donnerons un coup de main quand ce sera possible. Je suis sûre que nous y arriverons.

Tout était réglé. Éclair demeurerait à l'auberge avec eux. Martin remit à Rosalie une longue laisse avec une section extensible.

— Il tire plutôt fort et ne sait pas encore comment bien marcher en laisse, dit-il. Sois prudente et fais de ton mieux pour garder le contrôle. Tu peux aussi le promener dans son harnais, si c'est plus facile. Je vais te montrer comment le mettre.

Rosalie hocha la tête. Elle avait déjà promené des chiens qui tiraient fort sur leur laisse.

— Demain, je vais lui apporter de la nourriture, poursuivit-il. Pour ce soir, peut-être que Sofie peut partager avec lui.

Il se leva et bâilla.

— Merci pour le souper oncle Josef et tante Annie.

J'adore ce pain de viande. Par contre, je déteste me sauver tout de suite après avoir mangé... Mais comme je m'entraîne beaucoup, j'ai vraiment besoin de sommeil.

— Je voudrais juste vous demander quelque chose, se risqua Rosalie.

Elle ne pouvait plus attendre. Elle avait trop envie de connaître la réponse à la question qui la tracassait depuis qu'elle avait aperçu le chiot aux longues pattes dans la neige.

— De quelle race est Éclair?

Martin se mit à rire.

— Tout le monde pose cette question. Tonnerre et lui sont tous les deux des eurohounds.

— Des quoi? demanda-t-elle.

Elle n'avait jamais entendu ce nom.

— Ils viennent d'Europe, mais, maintenant, beaucoup de meneurs de chiens les utilisent, expliqua Martin. Surtout pour les courses courtes et rapides. Ils sont issus d'un croisement entre le husky d'Alaska...

— Oui, je connais ces chiens! l'interrompit Rosalie. Nous en avons accueilli un qui s'appelait justement Husky. Leur fourrure est moins abondante que celle des huskies de Sibérie. Et ils ont de longues pattes, comme Éclair.

— En effet, acquiesça Martin. Certains huskies d'Alaska ont du sang de husky de Sibérie, mais ils sont issus d'un croisement avec de nombreuses autres races de chiens. Donc, l'eurohound est également croisé avec le braque allemand. Les meneurs de chiens ont découvert que cela le rend un peu plus facile à entraîner, puisque les braques sont très dociles.

— En gros, c'est un bâtard, dit Mme Santiago en tendant la main pour caresser la fourrure lisse d'Éclair.

— Exactement, répondit Martin. Le bâtard le plus rapide et le plus fort du monde.

— Génial! s'exclama Rosalie.

Elle apprenait rarement de nouvelles choses sur les chiens. Pourtant, elle n'avait jamais entendu parler de l'eurohound. Elle mourait d'envie de téléphoner à la maison pour parler d'Éclair à Charles.

Après le départ de Martin, Rosalie et Maria allèrent promener le chiot. Au pied de la Petite crête, tout était sombre, silencieux et désert.

— Viens, suggéra Maria. Allons voir de plus près la piste où nous irons demain.

Rosalie eut envie de faire semblant qu'Éclair tirait dans la direction opposée, mais son amie paraissait vraiment vouloir lui montrer l'endroit.

— D'accord, répondit-elle. Allez, monsieur Éclair.

Le chien changea joyeusement de direction. Il avançait en se pavanant et en secouant la queue.

Où que tu ailles, j'irai aussi.

— Tu vois? annonça Maria quelques minutes plus tard.

— Voir quoi? demanda Rosalie.

— C'est ici. La piste. Nous sommes dessus, dit Maria en souriant. Tu ne te rendais même pas compte que nous montions, n'est-ce pas? Elle n'est presque pas inclinée.

Elle entraîna ensuite Rosalie au pied du câble de remontée et lui expliqua comment il fonctionnait. Elle lui montra la façon dont elle devrait s'agripper au crochet qu'on lui tendrait.

— C'est vraiment facile, affirma Maria.

Rosalie sentit le nœud dans son ventre se dénouer un peu.

— Ça semble plutôt simple, admit-elle.

Mais elle se dit : *Je vais essayer une fois pour faire plaisir à Maria. Puis je dirai que je dois m'occuper d'Éclair.*

De retour à l'auberge, les filles s'installèrent près du foyer pour une longue partie de Monopoly. Elles étaient couchées à plat ventre sur le tapis avec Éclair entre elles. Dans son sommeil, le chiot soupirait parfois. Rosalie était conquise. Éclair ressemblait presque à un chien adulte. Pourtant, ce n'était qu'un bébé. Il était couché en boule, ses longues pattes recroquevillées sous son menton et sa queue lui chatouillant le nez.

— Regarde, il a une tache blanche sur le poitrail, comme Biscuit, fit remarquer Maria en allongeant le bras pour la caresser. Elle est toute douce.

La tache blanche d'Éclair n'avait cependant pas la forme d'un cœur. Elle était plutôt parsemée d'étranges petites taches noires. Le chien avait aussi de grosses pattes lourdes et soyeuses. Rosalie aimait beaucoup les minuscules poils dorés qui brillaient parmi les poils bruns. Même si Éclair n'était pas un chiot rondelet et mignon comme elle en avait connu, il avait un petit quelque chose de vraiment adorable. Peut-être était-ce son visage niais et ses oreilles expressives, ou la façon dont il agitait toujours la queue et semblait continuellement attendre quelque chose. D'une manière ou d'une autre, Rosalie était sous le charme.

Annie entra dans la pièce, tenant à la main une assiette de biscuits aux pépites de chocolat tout chauds et deux verres de lait.

— Josef s'est dit que vous auriez peut-être envie

d'une collation, dit-elle en posant l'assiette sur une table, hors de portée d'Éclair. Nous allons nous coucher. Aimeriez-vous qu'Éclair dorme dans votre chambre?

Rosalie regarda Maria. Son amie était-elle toujours fâchée qu'Éclair se soit immiscé dans leurs vacances? Allait-elle accepter qu'il dorme avec elles?

— Bien sûr, répondit Maria.

Elle sourit à Rosalie, qui sut immédiatement que son amie était aussi tombée sous le charme.

CHAPITRE SIX

Quand Rosalie se réveilla le lendemain matin, Éclair était blotti près d'elle, sous la lourde courtepointe colorée qui recouvrait le lit.

— Petit coquin, lui dit-elle. Quel genre de chien dort sous les couvertures?

Éclair se tourna sur le dos et étira ses longues pattes musclées. Puis il bâilla en ouvrant la gueule si grande que Rosalie aurait presque pu compter ses dents. Le son de son bâillement rappelait celui d'une porte grinçante.

Hmmmmm, tellement confortable. Hé! Qu'est-ce que ça sent?

Avant même que Rosalie ne puisse le caresser, Éclair sauta en bas du lit. Il se dirigea droit vers la porte et se mit à renifler au bas de celle-ci. Rosalie commença elle aussi à percevoir une odeur alléchante.

— Miam! fit-elle. Du bacon.

De l'autre côté de la chambre, Maria s'assit dans son lit et se frotta les yeux.

— Bonjour! dit-elle. Comment va Éclair?

— Il a vraiment bien dormi, fit Rosalie. Mais maintenant qu'il sent le bacon, il est prêt à commencer sa journée.

— Moi aussi, répondit Maria. Josef prépare les meilleurs déjeuners du monde. Attends de goûter à ses petits pains avec de la confiture de fraises.

Elle enfila son caleçon long et son pantalon de ski.

— Je suis contente que nous nous soyons réveillées de bonne heure. J'aime bien être sur les pistes avant qu'elles ne soient bondées.

De son côté, Rosalie n'était pas pressée de se lancer sur les pentes, mais elle savait qu'Éclair avait sûrement envie d'aller se promener. Elle s'habilla rapidement, puis lui enfila son harnais. Il savait exactement comment lever les pattes une à la fois pour qu'elle puisse le lui passer par-dessus la tête.

— Je sors Éclair, puis je te rejoins dans la salle à manger, dit-elle à Maria.

Rosalie parcourut le couloir et sortit par la porte arrière de l'auberge. Éclair tirait fort. Il l'entraîna dans les escaliers en bois, puis dans la neige. Il suivait le même chemin qu'ils avaient emprunté la veille.

— Non, non! fit Rosalie en le guidant loin des pistes.

Les télésièges n'étaient pas encore en fonction, mais des skieurs commençaient déjà à y faire la file.

Éclair flairait énergiquement le sol et observait tout ce qui se passait. Rosalie remarqua comme les muscles de ses pattes se contractaient. Ce chien était un vrai athlète. Elle le voyait très bien courir sur des kilomètres.

— Pas aujourd'hui, Éclair, lui dit-elle en reprenant le chemin de l'auberge.

Pauvre petit. Il n'avait sûrement pas plus envie d'être enfermé à l'intérieur qu'elle n'avait envie de faire de la planche à neige. Après avoir nourri le chiot, Rosalie s'assit à une des tables de la salle à manger avec les Santiago. Josef allait et venait, leur apportant de grands plats d'œufs brouillés, de bacon et de crêpes. Au milieu de la table se trouvait un panier rempli de muffins, de petits pains et de bagels. Juste à côté, il y avait du beurre, du miel, des confitures maison et du sirop d'érable.

— Incroyable! s'exclama-t-elle.

— Je sais. C'est fou, n'est-ce pas?

Maria remplit son assiette.

— Mange bien. Tu auras besoin d'énergie pour faire des sauts périlleux.

Rosalie roula des yeux. Son amie aimait étaler ses connaissances.

— Je serai satisfaite de revenir en un seul morceau, répondit-elle.

Discrètement, elle cacha un petit bout de bacon dans une serviette en papier. Elle savait qu'il valait mieux éviter de nourrir Éclair à table. Elle le lui donnerait plus tard.

Après le déjeuner, Rosalie offrit au chiot sa friandise. Elle n'avait pas envie de partir. Il était si mignon, particulièrement quand il la regardait de ses yeux bruns étincelants et qu'il lui tendait une de ses grosses pattes.

Merci pour cette délicieuse friandise. En as-tu d'autres?

Rosalie avait tellement mangé qu'elle avait presque envie de retourner au lit faire tranquillement la sieste avec Éclair. Mais, tout en grattant les oreilles du chien, M. Santiago dit alors :

— Allez-y, les filles. Je vais surveiller Éclair et aller le promener s'il en a besoin.

Rosalie et Maria aidèrent Mme Santiago à apporter son équipement de ski au pied du télésiège, où elle avait rendez-vous avec son accompagnateur.

Puis Rosalie alla prendre la planche à neige qu'elle avait empruntée à la cousine de Maria et suivit son amie jusqu'au câble de remontée. Elle jeta un dernier regard vers l'auberge. M. Santiago la saluait et Éclair se tenait à côté de lui, les pattes sur le rebord de la fenêtre pour ne rien manquer. Rosalie ricana et les salua.

— À plus tard, le Fouineur, dit-elle.

L'utilisation du câble de remontée n'avait rien de compliqué. Rosalie s'en tirait plutôt bien. Elle aimait se sentir glisser vers le haut. En fait, c'était la *descente* qui l'inquiétait. Mais une fois au sommet, Maria lui expliqua comment se tenir en équilibre sur la planche. Rosalie se retrouva bien vite en train de descendre la piste légèrement inclinée. Elle fit un transfert de poids et la planche tourna, exactement comme Maria le lui avait montré. Elle s'arrêta finalement près du bas de la pente.

— C'était génial, s'exclama-t-elle. On le refait!

— Je te l'avais dit, répondit Maria. Tu as ça dans

le sang.

Elles se dirigèrent de nouveau vers le câble de remontée, redescendirent, puis recommencèrent. Après leur troisième descente, Maria tapa dans la main de son amie pour la féliciter.

— Tu es prête pour le télésiège. Allons descendre de vraies pistes.

Rosalie hésitait.

— On refait celle-là une dernière fois, suggéra-t-elle.

— Comme tu veux, répondit son amie.

Elles remontèrent. En descendant, Rosalie se sentit tellement à l'aise qu'elle s'essaya à faire des virages plus serrés.

— Wouhou! s'exclama-t-elle en prenant un peu de vitesse. Je file comme l'éclair!

Soudain, elle aperçut du coin de l'œil quelque chose qui se dirigeait vers elle : une boule brune.

— Non! Éclair. Arrête! cria Rosalie.

Le chiot était en travers de son chemin. Elle perdit

l'équilibre et tomba durement sur la neige tassée. Éclair sauta sur elle, lui lécha le visage et grogna joyeusement.

Il me semblait bien t'avoir entendue! Je savais que je te trouverais!

Rosalie s'assit, puis le repoussa. Un éclair de douleur lui traversa le poignet.

— Aïe! s'écria-t-elle. Mon bras!

CHAPITRE SEPT

Tout sembla se produire en même temps. Maria plongea sur Éclair pour l'immobiliser et pouvoir attraper sa laisse qui traînait derrière lui. M. Santiago arriva en courant et s'excusa. Rosalie, assise dans la neige, se mit à se balancer d'avant en arrière en tenant son bras. Le préposé au câble de remontée arrêta le câble, puis se précipita vers eux pour aider Rosalie à enlever sa planche à neige. Il parlait dans sa radio tout en essayant de desserrer la sangle des fixations.

— Siège un à la patrouille de ski. M'entendez-vous?

— Aïe, aïe, aïe!

Elle pleurnichait comme un bébé, mais elle

ne pouvait se contenir. Son poignet lui faisait terriblement mal.

Éclair, qui se tortillait dans les bras de Maria, approcha sa truffe du visage de Rosalie, lui reniflant l'oreille.

Que s'est-il passé? Je t'ai blessé? Est-ce que ça va?

Rosalie ne put s'empêcher de lui caresser la tête de sa main valide.

— Ça va, lui dit-elle.

Il n'avait pas voulu lui faire mal. En courant vers elle pour la voir, il avait seulement été à la hauteur de sa réputation de fouineur.

— Nous étions en train de nous promener. Il doit t'avoir entendue. Il a tiré tellement fort que je n'ai pas pu le retenir, expliqua M. Santiago.

Il s'accroupit auprès de Rosalie.

— Est-ce que ça va?

— Hmmm, commença Rosalie. Je ne pense pas.

Son bras était si douloureux qu'elle avait presque

aussi mal au cœur qu'en voiture la veille.

— Eh bien, nous ne tarderons pas à le savoir, annonça une femme vêtue d'un manteau rouge qui venait d'arriver en ski.

Elle enleva ses skis et les planta dans la neige derrière Rosalie.

— Je suis Sarah, fit-elle. Je fais partie de la patrouille de ski. Comment t'appelles-tu?

Sarah était tellement gentille et amicale que Rosalie se sentit immédiatement mieux. La jeune fille dit son nom et son âge à Sarah. M. Santiago expliqua ensuite qu'il était responsable d'elle et, ensemble, ils racontèrent à Sarah ce qui s'était passé. La patrouilleuse palpa délicatement le poignet de Rosalie et lui demanda si elle avait mal ailleurs.

— Nous serons mieux au poste de secours pour examiner ton poignet, dit-elle. Ce n'est pas très loin, mais je vais demander qu'on nous envoie un traîneau. Est-ce que ça te va?

— Oui, répondit Rosalie.

Tout ce qu'elle voulait, c'était que la douleur

disparaisse.

Sarah s'éloigna un peu pour parler dans sa radio. Quand elle revint, elle regarda Éclair, secoua le doigt d'un signe de désapprobation et lui dit :

— Espèce de petit fauteur de troubles. Ne sais-tu pas que les chiens n'ont rien à faire sur les pistes?

Elle lui gratta les oreilles, ce qui fit sourire le chiot.

Je n'avais pas l'intention de faire de mal à personne. Je voulais juste savoir ce qui se passait!

— C'est un des chiens de Martin Grenier, non? Il est vraiment mignon, fit Sarah. Mais il vaudrait mieux l'amener ailleurs avant qu'il ne cause un autre incident.

— Il s'appelle Éclair, expliqua Rosalie. Nous nous occupons un peu de lui en attendant de lui trouver une nouvelle famille.

— Je vais le ramener à l'auberge, fit Maria.

Elle tapota l'épaule de son amie.

— Je suis désolée, ajouta-t-elle. Tu étais super

bonne.

— Ce n'est pas ta faute, répondit Rosalie. Tu es une super monitrice. Je commençais vraiment à l'avoir, non?

— Tu étais géniale, dit Maria.

— Voilà notre moyen de transport, annonça Sarah en voyant un autre patrouilleur arriver en ski, tirant un traîneau derrière lui. Je te présente Patrick. C'est un très bon conducteur. Tu n'as pas à t'en faire.

Patrick et Sarah immobilisèrent le poignet de Rosalie à l'aide d'une écharpe.

— Je vais m'asseoir derrière toi, expliqua Sarah. Tu pourras t'appuyer contre moi. Ce sera plus confortable que d'être couchée.

Elle pointa un bâtiment à M. Santiago.

— Vous voyez le gros panneau rouge avec la croix blanche? Nous vous retrouverons là-bas.

Sarah s'assit dans le traîneau et Patrick aida ensuite Rosalie à s'y installer. Puis il la couvrit d'une couverture.

— Tu es bien? demanda-t-il.

Il prit les poignées des longues barres fixées sur le devant du traîneau, puis il se mit en route. Sarah avait raison : Patrick conduisait très bien. Le trajet se fit tout en douceur et fut plutôt bref, presque trop. Rosalie descendit ensuite du traîneau, aidée de Patrick et d'un autre patrouilleur qui venait de sortir du poste de secours. Ils la guidèrent à l'intérieur et la firent asseoir sur un lit. M. Santiago arriva tout de suite après.

— Je vais devoir te retirer ton manteau, expliqua Sarah. Je vais commencer par enlever l'écharpe tout doucement, pour éviter de te faire mal.

Elle retira son propre manteau et releva ses manches.

Une fois le manteau de Rosalie enlevé, elle lui demanda de s'allonger.

— Je vais examiner ton poignet de plus près, puis te faire une attelle.

La tête sur les oreillers, Rosalie se détendit. Elle regardait autour d'elle pendant que Sarah palpait doucement son poignet. Le poste de secours n'avait rien de sophistiqué. Il se résumait à une seule pièce où l'on avait disposé quelques lits. Sur le mur près d'elle, Rosalie aperçut une image qui la fit sourire.

— Est-ce que c'est ton chien? demanda-t-elle en montrant un calendrier du doigt, où figurait un golden retriever portant une veste rouge vif avec une croix blanche. Le chien posait de façon héroïque devant des montagnes enneigées.

Tout en continuant de tâter le poignet de Rosalie, Sarah leva les yeux vers l'image.

— Si seulement c'était le cas. C'est un chien d'avalanche nommé Jasper. Il travaille dans l'Ouest canadien avec une patrouille de ski. Ici, nous n'avons pas d'avalanches. Mais, là-bas, c'est vraiment dangereux. Ces chiens sont entraînés pour trouver les gens ensevelis sous la neige.

— Comme les chiens de sauvetage? demanda Rosalie.

— Exactement, répondit Sarah. Mais ils sont plus spécialisés. J'économise pour m'acheter un golden retriever du même éleveur que celui de Jasper.

J'espère un jour pouvoir patrouiller avec mon nouveau meilleur ami.

Tout en restant assise sur son tabouret à roulettes, elle se recula un peu.

— Bonne nouvelle! annonça-t-elle. Ton poignet ne semble pas cassé. Ce n'est probablement qu'une bonne entorse. Peut-être remonteras-tu sur ta planche d'ici un jour ou deux.

Elle se tourna vers M. Santiago.

— Si la douleur et l'enflure n'ont pas diminué dans quelques heures, vous pourriez la conduire à l'hôpital pour qu'on lui fasse une radiographie. Mais je ne pense pas que ce sera nécessaire.

Sarah enroula un sac de plastique rempli de neige autour du poignet de Rosalie. Avec du ruban adhésif, elle y fixa une attelle en carton pour aider à garder le bras immobile.

— Continue d'appliquer de la glace régulièrement, au moins jusqu'au souper, dit Sarah. Je parie qu'à l'heure du dessert, tu te sentiras déjà beaucoup mieux!

Après avoir remercié tout le monde, M. Santiago et Rosalie rentrèrent à l'auberge. Rosalie leva les yeux vers les pistes de ski. Maintenant qu'elle se sentait à l'aise sur sa planche, elle était presque déçue de ne pouvoir y retourner. Puis elle se rappela Éclair et sourit. Au moins, elle pourrait passer autant de temps qu'elle le voulait avec la petite peste.

CHAPITRE HUIT

Une fois de retour à l'auberge, M. Santiago aida Rosalie à s'installer sur un des canapés près du foyer et Éclair se coucha à ses pieds. Annie lui apporta des oreillers et une couverture et Josef, un chocolat chaud et une assiette de pain aux bananes fraîchement sorti du four. Quant à Maria, elle lui prêta son iPod. Enfin, Martin, qui avait été informé de l'accident par Josef et Annie, vint lui rendre visite. Il l'aida à terminer le pain aux bananes pendant qu'elle lui racontait sa mésaventure. Même Éclair semblait comprendre qu'elle était blessée. Il restait tranquillement assis au pied du canapé, lui reniflant doucement la main.

Rosalie se sentit soudainement épuisée. Elle s'endormit, la main sur la tête d'Éclair.

Quand elle se réveilla, Mme Santiago était près d'elle, une main posée sur son front. La sensation de cette main froide sur son visage lui donnait presque envie de pleurer.

— Pauvre chouette, dit Mme Santiago. Je suis vraiment désolée... Je n'ai appris la nouvelle que quand je suis rentrée dîner.

— Je vais bien, fit Rosalie. Mon poignet est encore douloureux, mais je ne fais pas de fièvre.

Mme Santiago sourit.

— Je sais. C'est l'habitude, j'imagine. C'est la première chose que je vérifie quand Maria ne se sent pas bien.

La main toujours sur la tête de Rosalie, elle lui dit :

— Tu dois t'ennuyer de ta mère.

— Mes parents! s'exclama Rosalie en s'assoyant. Je ne leur ai même pas téléphoné.

— Shhh, fit Mme Santiago. Nous l'avons fait. Ils savent que tu es blessée et que ça va aller. Mais, Rosalie, je veux te demander quelque chose. Préférerais-tu rentrer à la maison plus tôt? Est-ce que tu t'ennuies de ta famille?

Rosalie réfléchit un instant. Quand elle était allée au chalet des Santiago, elle s'était ennuyée. Mais, étonnamment, cette fois-ci ce n'était pas le cas. Naturellement, elle aurait été contente de voir ses parents, et même ses frères. Mais tout le monde était si gentil avec elle qu'elle ne se sentait ni seule ni triste.

— Non, ça va, répondit Rosalie. Je veux vraiment rester.

Elle se sentirait terriblement mal si les Santiago écourtaient leurs vacances à cause d'elle. De toute façon, sa blessure ne l'empêchait pas de s'amuser... surtout qu'Éclair lui tenait compagnie.

Ce soir-là, en avalant la dernière bouchée de sa coupe de crème glacée au chocolat, elle se rendit compte que les prévisions de Sarah étaient bonnes. Son poignet allait beaucoup mieux! Et l'enflure avait vraiment diminué.

— Génial! lança Maria en l'apprenant. Peut-être que nous pourrons aller faire de la planche à neige demain.

— Euh, je ne pense pas, la contredit son père. Rosalie devra se tenir tranquille au moins une autre journée.

Il se tourna vers Rosalie.

— En fait, j'espérais que tu m'accompagnes en raquettes demain. Nous pourrions rester ici dans la matinée, puis partir après le dîner. J'ai observé des pistes d'animaux intéressantes et j'aimerais retourner les voir. Je pense que c'était des empreintes de lynx!

— Est-ce qu'Éclair pourra venir? demanda Rosalie.

Elle se pencha pour caresser le chien somnolent installé à ses pieds.

— Je suppose que oui, répondit-il. Je suis certain qu'il sera heureux de sortir. Et nous avons promis à Martin de bien nous en occuper. Mais ce sera moi qui tiendrai sa laisse pour éviter que tu te fasses mal. Je vais le tenir plus fermement désormais.

Le lendemain matin, le poignet de Rosalie était encore moins douloureux et paraissait presque normal. Après le déjeuner, la jeune fille ressentit un pincement en regardant Maria et sa mère partir pour une autre journée sur les pentes. Elle avait presque hâte à son baptême du télésiège et des vraies pistes. Au moins, elle avait appris les bases et n'avait plus vraiment peur.

Elle était blottie près du foyer avec Éclair quand Annie l'appela.

— Rosalie, il y a quelqu'un pour toi.

Un instant plus tard, Sarah apparut.

— Salut, fit Rosalie. J'avais l'intention d'aller te voir un peu plus tard pour te remercier. Tu avais raison à propos de mon poignet. Il allait mieux à l'heure du dessert. Et regarde-le maintenant!

Elle leva le bras en l'air.

— Excellent, répondit Sarah en s'agenouillant pour caresser Éclair. Je me suis dit que je pourrais aller le promener, si ça peut aider.

Elle sourit à Rosalie.

— Je sais que les chiens de Martin ont beaucoup d'énergie.

— D'où connais-tu Martin? demanda Rosalie.

— Belmont est un petit village. Nous allions à la même école secondaire. Dans un village, tout le monde se connaît... et sait ce que font les autres. Mais je n'étais pas au courant que Martin cherchait un nouveau foyer pour son chien, jusqu'à ce que tu le mentionnes. C'est intéressant.

Pendant l'absence de Sarah, Rosalie s'endormit. Quand elle se réveilla, le chiot était de nouveau étendu près d'elle et Josef annonçait :

— Le dîner est servi!

— Tu es prête? demanda M. Santiago une fois le dîner terminé. J'ai emprunté une paire de raquettes pour toi. Nous avons donc tout ce qu'il nous faut.

Rosalie ajusta le harnais d'Éclair. Il avait les yeux qui brillaient d'excitation.

— Nous sommes prêts, annonça-t-elle.

M. Santiago prit la laisse, et Éclair se mit à trotter joyeusement à ses côtés, les oreilles en l'air et la queue remuant avec impatience.

Eh bien, eh bien! Où allons-nous?

Ils s'engagèrent sur le sentier de motoneige qui passait de l'autre côté de la route, en face de l'auberge.

— Nous allons suivre ce sentier pendant un moment, expliqua M. Santiago. C'est plus facile de marcher sur la neige compactée. Une fois dans la forêt, nous pourrons emprunter d'autres pistes. Et comme elles recroisent toutes ce sentier, nous ne risquons pas de nous perdre.

Ils avançaient lentement, Éclair ouvrant la marche. Le chien errait d'un côté à l'autre, flairant les arbres et creusant parfois dans la neige. Rosalie adorait le regarder trotter joyeusement. Il s'intéressait à tout. Elle n'avait jamais vu un chien si curieux.

Après un certain temps, M. Santiago quitta la piste principale pour s'engager sur un plus petit sentier, tracé par d'autres raquetteurs. Ils le suivirent un moment, puis croisèrent de nouveau le sentier de motoneige et prirent une autre direction. C'était maintenant eux qui traçaient la piste.

— Nous sommes vraiment en pleine forêt, constata M. Santiago. N'est-ce pas magnifique?

Rosalie regarda autour d'elle. C'était, *en effet*, très beau. Ils étaient entourés de pins, dont certains étaient très hauts. D'autres étaient si petits et recouverts de neige qu'ils ressemblaient à des gnomes blancs. L'air vif et pur était plein de...

— Des flocons de neige! s'exclama-t-elle.

Rosalie fit un tour sur elle-même, les yeux rivés vers le ciel. De gros flocons tombaient paresseusement, virevoltant entre les arbres. Un immense flocon se posa sur le front d'Éclair.

— C'est vrai. Ils ont dit qu'il neigerait peut-être un peu aujourd'hui, déclara M. Santiago. Les empreintes d'animaux vont disparaître, mais les skieurs et les planchistes seront sûrement très contents.

Ils poursuivirent leur chemin jusqu'à ce qu'ils croisent à nouveau le sentier de motoneige. Éclair leva la queue et partit à toute allure sur le sentier, entraînant M. Santiago avec lui.

— Il doit avoir l'habitude de courir sur ces pistes avec Martin, cria-t-il par-dessus son épaule tout en essayant de suivre Éclair.

Rosalie avait de la difficulté à les rattraper. Elle commençait à être fatiguée, et son poignet l'élançait.

— Si je rebrousse chemin et que je suis ce sentier, il me mènera directement à l'auberge, n'est-ce pas? demanda-t-elle à M. Santiago. J'ai envie de me reposer.

— Nous venons avec toi, répondit-il.

Il tenta de revenir sur ses pas, mais Éclair ne cessait de tirer dans la direction opposée. Le chiot n'était visiblement pas prêt à rentrer.

Rosalie leur fit un signe de la main.

— Ça va aller. Et je pense qu'Éclair a besoin de faire de l'exercice. Continuez.

M. Santiago fronça les sourcils.

— J'imagine que c'est correct, dit-il. Si tu restes sur le sentier de motoneige, tu ne peux pas te perdre. Il mène directement à l'auberge. Éclair et moi allons faire demi-tour dans quelques minutes. Nous serons juste derrière toi.

Rosalie gratta les oreilles d'Éclair, puis se mit en route.

— Au revoir! lança-t-elle. Je gage que je serai en train de boire un chocolat chaud quand vous arriverez à l'auberge.

Plus Rosalie avançait, plus il neigeait fort. L'air était maintenant rempli de flocons. Mais pas de ceux, immenses, qui tombaient paresseusement. Non, de petits flocons très déterminés. Elle tenta d'aller plus vite, mais ses raquettes n'étaient pas conçues pour la vitesse.

Rosalie repéra bientôt la piste qu'ils avaient prise plus tôt. Elle partait vers la droite. La nouvelle neige effaçait un peu le sentier, mais elle arriverait quand même à le suivre. Elle avança dans la neige molle, heureuse de prendre un raccourci. Quand elle recroiserait le sentier de motoneige, elle serait beaucoup plus près de l'auberge.

Le seul problème, c'est qu'elle ne trouvait plus le sentier de motoneige.

CHAPITRE NEUF

Où était le sentier? Rosalie essaya de regarder à travers la neige qui tombait. Elle était certaine d'avoir marché assez longtemps. La piste devait être tout près. Elle tendit l'oreille, espérant entendre le vrombissement d'une motoneige.

Mais il n'y avait aucun bruit.

En fait, tout était tellement silencieux qu'elle aurait pu entendre le son imperceptible des flocons qui atterrissaient sur sa tuque. Elle leva les yeux et regarda les flocons tomber en virevoltant. Normalement, elle aurait sorti la langue pour en attraper quelques-uns. Mais pas maintenant. Pas avant de savoir où elle était.

Elle continua d'avancer, se traînant dans la neige

de plus en plus épaisse. Chaque pas semblait plus difficile que le précédent. Son poignet commençait sérieusement à lui faire mal. Et pire encore, le peu de soleil qui filtrait un peu plus tôt à travers les arbres était en train de disparaître. Comment était-ce possible? Ils avaient quitté l'auberge tout de suite après le dîner. Ils ne pouvaient être partis depuis si longtemps, non?

Elle avait l'impression que les arbres se rapprochaient d'elle. Leurs branches couvertes de neige ployaient vers le bas. Plus tôt, elle les avait trouvés jolis, comme sur une carte de Noël. Maintenant, ils semblaient menaçants, comme des monstres tout droit sortis d'un cauchemar.

— Bon, c'est décidé, dit Rosalie après avoir marché encore un peu. Si je n'aperçois pas le sentier de motoneige dans vingt, non *dix* pas, je fais demi-tour.

Dix pas plus tard, elle s'enfonçait toujours dans la forêt. Elle soupira et rebroussa chemin. Au moins, elle savait qu'elle pouvait revenir à son point de départ en suivant ses traces. Elle emprunterait alors l'autre sentier, plus long. Son raccourci n'en était plus un.

Rosalie gardait les yeux fixés au sol, à la recherche de ses propres empreintes de raquettes. Mais ce n'était pas aussi facile qu'elle l'avait imaginé. Il neigeait tellement fort que ses empreintes disparaissaient lentement. Et il faisait indéniablement de plus en plus noir.

Elle avançait péniblement en repoussant les branches. Le sentier était moins large que dans son souvenir. Elle arriva à un ruisseau, un filet d'eau glacée qui miroitait sur un lit rocheux. Un ruisseau? Elle ne se rappelait pas l'avoir vu avant. Avait-elle pris la mauvaise direction? Rosalie pivota et repartit dans l'autre sens. Elle tenta de retrouver l'endroit où elle s'était trompée.

Mais il y avait maintenant des empreintes de raquettes partout. Lesquelles étaient les siennes? Et les plus récentes? Rosalie avait le cœur qui battait la chamade. Elle s'immobilisa et inspira profondément. Puis elle écouta de nouveau attentivement, espérant entendre un son qui lui permettrait de retrouver le chemin de l'auberge. Mais elle n'entendit rien.

— Peut-être que *je* devrais faire du bruit, dit-elle à voix haute. M. Santiago! cria-t-elle de toutes ses forces.

Les mains en porte-voix, elle essaya de nouveau.

— Éclair! À l'aide! Trouvez-moi!

Elle cria encore quelques fois, puis baissa les bras. Ses gants étaient complètement mouillés à cause de la neige et elle avait les doigts raides et gelés. De la neige tomba d'une branche au-dessus de sa tête. Elle la sentit dégouliner derrière son cou, ce qui la fit frissonner.

Elle était dans de beaux draps. Elle ferma les yeux pendant un instant et essaya de réfléchir. Quelle était la meilleure chose à faire quand on se perdait? Elle savait que, normalement, on devait rester au même endroit et attendre que quelqu'un nous trouve. Mais il faisait froid et noir. Si elle restait là, elle allait geler.

Rosalie se souvint d'un livre que sa mère lui avait

lu. C'était l'histoire d'un garçon qui s'était perdu dans les montagnes pendant trois jours. Là, elle était dans les montagnes... et elle était perdue.

Le garçon avait finalement réussi à sortir de la forêt, affamé, épuisé et couvert de piqûres de moustiques. Mais c'était en été. Même quand il avait perdu ses souliers et son t-shirt, il avait pu continuer de se déplacer. Rosalie essaya de se rappeler comment il était arrivé à descendre des montagnes. Il avait suivi les cours d'eau, non? Parce que l'eau descend.

Rosalie regarda en direction du ruisseau. Fallait-il y retourner et le suivre? Ou rester à l'endroit où elle se trouvait? Ou tenter à nouveau de retrouver le sentier de motoneige? Son poignet faisait très mal. Elle ne savait plus quoi faire. Alors, elle continua de crier.

— M. Santiago! Éclair! Quelqu'un! Aidez-moi!

Elle avait maintenant les mains si gelées qu'elles en étaient douloureuses. Ses pieds étaient encore pires. Ils étaient engourdis, comme des blocs de glace. Elle avait également le nez gelé. Et il coulait.

Elle l'essuya d'un de ses gants mouillés et se rendit compte que ses yeux aussi coulaient. Elle pleurait.

Elle n'avait pas versé une seule larme quand elle était tombée et s'était blessée au poignet, ni lorsque les patrouilleurs l'avaient déplacée pour lui mettre l'attelle. Elle n'avait pas pleuré non plus quand elle avait pensé à quel point elle était loin de chez elle, sans ses parents. Mais, là, elle ne pouvait plus s'en empêcher. Elle s'accroupit au milieu d'une petite clairière, se recroquevilla sur elle-même et pleura.

Mais ça ne dura pas longtemps. Elle s'essuya rapidement le visage sur le revers de son gant et se releva. Elle ne pouvait pas rester là à pleurer jusqu'à ce qu'il fasse complètement noir. Elle devait agir. Et si personne ne la cherchait? Elle tendit l'oreille en espérant entendre son nom.

Elle entendit plutôt une branche craquer. Puis une autre.

Un ours? Rosalie sentit son cœur battre plus vite. Non, pas un ours. Ils hibernent en hiver. Mais quelque chose se dirigeait vraiment vers elle. Quelque chose de gros qui fonçait à travers les arbres. Et si c'était un orignal?

Soudain, elle entendit un tintement. Des médailles attachées à un collier pour chien. Une seconde plus tard, Éclair apparut dans la clairière et sauta sur elle, souriant bêtement et gémissant.

J'en étais sûr! Je savais que tu étais ici!

CHAPITRE DIX

Rosalie passa les bras autour du corps maigre d'Éclair.

— Oh! Éclair, dit-elle. Tu m'as trouvée.

Elle pleurait encore, mais cette fois de soulagement. Le corps du chien était chaud et solide. Maintenant qu'il était là, elle se sentait en sécurité. Peut-être pourrait-il l'aider à retrouver le sentier de motoneige. Mais pour l'instant, elle voulait lui faire un gros câlin. Elle l'attira à elle. Il lui lécha le côté du visage, la reniflant près de l'oreille.

Puis elle sentit son petit corps se raidir. Il se dégagea et tourna la tête vers une rangée d'arbres. Il avait les oreilles dressées et tout son corps semblait trembler tant il était concentré.

Quelque chose vient vers nous!

— Qu'y a-t-il, Éclair? demanda-t-elle.

Rosalie tenta de le serrer à nouveau dans ses bras, mais il ne se calmait pas. Il renifla l'air et souleva une de ses pattes avant.

Rosalie ferma les yeux un instant. Un animal sauvage allait-il bondir sur eux? Éclair n'était qu'un chiot. Il ne pourrait la protéger. Il aurait sûrement aussi peur qu'elle. En fait, c'était plutôt elle qui devait le protéger. Après tout, elle avait promis à Martin qu'elle s'occuperait bien de son chien.

— Rosalie? Ah! Dieu merci! lança M. Santiago, fonçant entre les arbres, puis surgissant dans la clairière. Est-ce que tu vas bien?

Il s'approcha d'elle pour la prendre dans ses bras, et Éclair sauta sur eux.

Et moi? Je n'ai pas droit à un câlin? Nous sommes à nouveau réunis. Célébrons!

— Je vais bien, fit Rosalie. Éclair m'a retrouvée.

— Oui, il a réussi. J'essayais de suivre tes traces, mais je tournais en rond. Puis Éclair a semblé entendre quelque chose. Il s'est mis à courir, le nez au sol. Je tentais de le suivre, mais avec mes raquettes, je ne cessais de trébucher. Je ne pouvais plus le retenir.

— Il a dû m'entendre crier, fit Rosalie.

M. Santiago prit une lente et profonde inspiration.

— Une chance qu'il t'a entendue, répondit-il. Maintenant, il ne nous reste plus qu'à trouver comment rentrer.

— Pas de problème.

D'où venait cette voix? Rosalie se retourna et aperçut une tache rouge au milieu des arbres. C'était Sarah, avec son manteau de patrouilleuse! Rosalie la regarda fixement.

— Comment as-tu…? commença-t-elle.

— Aussitôt que je me suis rendu compte que tu étais peut-être perdue, j'ai communiqué avec la patrouille de ski, l'interrompit M. Santiago.

Il se tourna ensuite vers Sarah.

— Merci d'être venue.

— C'est un plaisir, répondit Sarah. Je savais exactement où vous trouver. Beaucoup de gens s'égarent sur ces sentiers. Mais je constate que quelqu'un d'autre a aussi su retrouver Rosalie.

Elle s'approcha, puis posa un genou au sol pour caresser Éclair.

— Tu es vraiment un bon chien! dit-elle en lui grattant les oreilles.

La queue d'Éclair se mit à remuer avec frénésie, et le chien lui renifla le visage. Ensuite, Sarah se releva et ôta son sac à dos.

— As-tu assez chaud? demanda-t-elle à Rosalie. J'ai une tuque et une paire de mitaines dans mon sac.

Le lendemain, Rosalie rendit à Sarah ses mitaines en laine rouges.

— Merci encore, dit Rosalie. Pour tout.

Sarah sourit.

— J'espère qu'Éclair a eu droit à une gâterie spéciale quand vous êtes rentrés à l'auberge.

Elle étira le bras pour gratter les grandes oreilles du chiot qui leva les yeux et la regarda d'un air adorable. Il était évident qu'Éclair n'oubliait jamais ses amis.

— Oh! oui, répondit Rosalie.

Elle baissa le regard vers le chiot, debout à ses côtés dans son harnais.

— Et maintenant, il va avoir la chance de voir son père participer à une course. N'est-ce pas génial?

Martin leur avait téléphoné pour leur rappeler la course de ski attelé. Le trajet de la course passait par le sentier de motoneige devant l'auberge; ils seraient aux premières loges. Comme Sarah était en congé, elle était venue assister à la course. Annie et Josef s'étaient aussi joints à eux pour encourager leur neveu.

Maria se pencha pour mieux voir le sentier.

— Quand est-ce que les premiers coureurs vont

arriver? demanda-t-elle.

— D'une seconde à l'autre, je pense, répondit son père.

— Je crois que j'entends quelque chose, fit Mme Santiago. Est-ce qu'ils approchent?

Visiblement, Éclair l'avait aussi entendu. Il sauta sur ses pattes et regarda au loin.

— Les voilà! cria Rosalie en apercevant le premier coureur au sommet de la colline.

L'homme skiait comme un fou derrière le chien noir auquel il était attelé. Le chien fonçait sur le sentier, labourant la neige de ses grosses pattes et avançant à grandes foulées. C'est alors que Rosalie remarqua que le chien avait la poitrine blanche.

— C'est Tonnerre. C'est Martin! Il est premier!

Quand Martin arriva à leur hauteur, il leur sourit et les salua. Il était suivi de près par un autre coureur, une grande femme tirée par un husky de Sibérie à poil long.

— Allez, Martin! s'écria Maria.

— Yé, Tonnerre! renchérit Rosalie. Vas-y!

Ils filaient incroyablement vite. Tonnerre avait la langue qui pendait de sa gueule souriante. Le chien gardait les yeux rivés sur le sentier. Il avançait avec facilité, comme s'il faisait ce pour quoi il était né.

Éclair sautait dans tous les sens, jappant d'excitation.

En un rien de temps, Martin et trois autres coureurs disparurent derrière la colline suivante.

— Si nous montons immédiatement dans la voiture, nous devrions être à la ligne d'arrivée avant eux, dit M. Santiago. Le moteur est déjà en marche. Tu peux te joindre à nous, Sarah.

Au pied de la pente, des banderoles flottaient au vent et une grande foule était réunie. Une voix de femme retentit dans un haut-parleur. Elle commentait la course.

— Ils sont presque arrivés, annonça-t-elle. Le numéro huit, Martin Grenier, est toujours en tête! Applaudissez bien fort notre coureur local.

Rosalie et Maria se faufilèrent afin de trouver un bon endroit pour regarder la fin de la course. Martin et Tonnerre approchaient de la ligne d'arrivée, le husky de Sibérie sur les talons.

—Allez, allez! cria Rosalie. Tu y es presque, Tonnerre!

Dans une dernière accélération, Martin franchit la ligne d'arrivée.

— Oui! s'exclama-t-il, levant un poing vers le ciel. Puis il enleva ses skis et ouvrit grand les bras pour permettre au chien d'appuyer ses pattes avant sur sa poitrine. Ils se mirent tous les deux à tournoyer de bonheur.

Tout le monde les acclamait. Tous, remarqua Rosalie, sauf Sarah. Elle restait debout à les regarder, arborant un sourire triste.

—Qu'est-ce qui ne va pas? demanda Rosalie en tirant sur la manche du manteau de Sarah.

— C'est que je vois bien à quel point Tonnerre est heureux. Je suis sûre qu'Éclair le sera tout autant quand Martin aura le temps de l'entraîner. Ces chiens sont faits pour la course.

Rosalie acquiesça.

— Mais pourquoi est-ce que ça te rend triste?

— Parce que, commença Sarah, j'espérais que Martin me laisse adopter Éclair. Je pense qu'il ferait un excellent chien d'avalanche.

— Génial, dit Rosalie en souriant. Je crois que tu as raison. En tout cas, il a du flair.

Rosalie se les représentait, Éclair et elle, vivant dans un refuge au sommet d'une haute montagne de l'Ouest.

— Il est aussi très curieux, ajouta Sarah. Une fois parti, je ne l'imagine pas abandonner ses recherches.

Elle s'accroupit pour serrer Éclair dans ses bras. Au même moment, Martin, haletant et le visage tout rouge, vint les saluer.

— Belle course! s'exclama Rosalie en lui tapant dans la main.

— Merci, répondit Martin. Je n'aurais jamais pu y arriver sans vous. Tonnerre et moi sommes vraiment devenus une équipe cette semaine parce que nous avons pu nous entraîner seuls.

Il baissa les yeux vers Éclair, dans les bras de

Sarah.

— J'ai entendu dire qu'Éclair et toi aviez aussi fait une très bonne équipe, dit-il à Sarah. Un de vous deux a retrouvé Rosalie et l'autre l'a aidée à rentrer. Ça m'a fait réfléchir. Je savais déjà qu'Éclair avait besoin de plus d'attention que je ne peux lui en donner. Puis Rosalie a mentionné que tu économisais pour t'acheter un chien d'avalanche. Est-ce que tu pourrais envisager de...

— OUI! répondirent en cœur Rosalie et Sarah avant même qu'il ne puisse terminer sa question.

Tout le monde éclata de rire. Maria mit les bras autour Rosalie.

— Tu as encore réussi, lui dit-elle. C'est presque de la magie. Tu arrives toujours à trouver une nouvelle famille aux chiens.

— Je pourrai même te donner quelques leçons de ski attelé, proposa Martin à Sarah. Je t'enseignerai et Tonnerre montrera à Éclair.

— C'est parfait, répondit Sarah. Hum... penses-tu que je pourrais amener Éclair chez moi dès maintenant? Comme je suis en congé, j'aimerais bien l'habituer à mon chalet.

— Pourquoi pas? fit Martin. C'est bien de savoir qu'il reste en ville. Je n'aurai pas vraiment à lui dire adieu.

Il s'agenouilla pour serrer Éclair dans ses bras.

Rosalie se pencha pour le caresser aussi.

— J'espère que je verrai un jour ta photo sur un calendrier, dit-elle au chiot.

Elle était triste de devoir lui dire au revoir, mais elle savait qu'il serait heureux avec Sarah.

Elle se releva et se tourna vers Maria.

— Mon poignet n'est plus douloureux aujourd'hui. Es-tu prête pour une ballade en télésiège, maintenant que nous sommes libres?

— Oui! cria Maria.

EN SAVOIR PLUS SUR LES CHIOTS

Dès que j'ai eu mon chien Zipper, j'ai su que je devais écrire un livre sur lui. C'est tout un personnage. Il a une personnalité unique, comme tous les chiens, j'imagine. Quand il était petit, je prenais le plus de notes possible pour pouvoir tout me rappeler de cette époque. Je continue d'écrire à son sujet dans mon journal presque tous les jours.

Quand j'écris à propos de toutes ces petites choses qu'il fait, ça me permet de l'apprécier encore plus : avec quel jouet il aime s'amuser, où il aime dormir, ce qui me fait rire, qui sont ses meilleurs amis chiens, quels tours il a appris. Essayez-le. Peut-être finirez-vous par écrire un livre complet sur votre chien, comme je l'ai fait.

Chères lectrices,
chers lecteurs,

Mes lecteurs me posent souvent la question suivante : « Est-ce que vos livres sont tirés d'histoires vraies ou inventées? » Difficile de répondre à cette question. Mes histoires sont inventées, mais elles contiennent beaucoup d'éléments « réels ».

Dans ce livre, presque tout ce qui concerne Zipper (Éclair, en français) est vrai. Sa personnalité fouineuse, son apparence, son bâillement qui rappelle le bruit d'une porte grinçante, sa joie de vivre, la façon dont il mâchonne ses laisses, même le nom de son père, Digger (Tonnerre)! Zipper est un eurohound et je l'ai eu d'une famille qui élève des chiens de traîneau et les font participer à des courses. Un des garçons de la famille s'appelle Dillon (Martin) et c'est un champion de ski attelé. L'hiver dernier, Dillon et Digger m'ont d'ailleurs initiée à ce sport!

La patrouille de ski représente un autre des « vrais » éléments de l'histoire. J'ai déjà été patrouilleuse. Pas à la Vallée des Trois crêtes, qui est un lieu inventé, mais à une station du Vermont appelée *Bolton Valley*, où j'aime toujours aller skier. Tous les détails à propos du trajet en traîneau et de l'attelle sur le bras de Rosalie sont tirés de mon expérience comme patrouilleuse.

Les personnages de Josef, d'Annie et de Sofie sont inspirés d'un couple d'amis et de leur chien. Ils ne possèdent pas d'auberge, mais Josef adore cuisiner, et j'aime beaucoup aller souper chez eux. Annie est une artiste qui adore dessiner des chiens et des chats. Et Sofie est très bonne pour aider à faire la vaisselle.

Caninement vôtre,
Ellen Miles

À PROPOS DE L'AUTEURE

Ellen Miles adore les chiens et prend énormément de plaisir à écrire les livres de la collection *Mission : Adoption*. Elle est l'auteure de nombreux livres publiés aux Éditions Scholastic.

Elle habite dans le Vermont et elle pratique des activités de plein air tous les jours. Selon les saisons, elle fait de la randonnée, de la bicyclette, du ski ou de la natation. Elle aime aussi lire, cuisiner, explorer sa belle région et passer du temps avec sa famille et ses amis.

Si tu aimes les animaux, tu adoreras les merveilleuses histoires de la collection *Mission : Adoption*.